paula dias conrado

nasceu em Volta Redonda (RJ) e isso a determina de maneira emocionante. É graduada em letras pela Universidade Federal do Rio de Janeiro e participou da 6ª turma do Núcleo de Dramaturgia Firjan SESI, coordenado por Diogo Liberano — onde escreveu a dramaturgia *Bonito*, selecionada para publicação. É autora de *Cabra marcada para morrer* (Urutau, 2021), seu livro de estreia. Tem quatro graus de miopia.

TODAS AS VEZES QUE FICAMOS VIVOS

paula dias conrado

editora Urutau
primeira edição
2022

O —

editora Urutau

avenida peirao besada, 6 – 2D
36163 poio-pontevedra
(espanha)

rua cajus, 478
jardim das cerejeiras, cotia — sp
brasil
06724-015

[+55] 11 94859 2426 [brasil]
[+34] 644 951 354 [galiza]

www.editoraurutau.com.br
contato@editoraurutau.com.br

[EDITORA]
debora ribeiro rendelli
[REVISÃO]
marcella sarubi
[PROJETO GRÁFICO]
wladimir vaz
[COORDENAÇÃO GRÁFICA]
tiago fabris rendelli
[DIAGRAMAÇÃO]
victor h. azevedo
[CAPA]
victor h. azevedo, sobre fotografia de nadar

dados internacionais de catalogação na publicação (CIP) de acordo com ISBD

conrado, paula dias
C754t todas as vezes que ficamos vivos / paula dias conrado. - cotia : urutau, 2022.
76 p. ; 14cm x 19,5cm.

ISBN: 978-65-5900-321-1

1. literatura brasileira. 2. poesia. I. título.

CDD 869.1
2022-2235 CDU 821.134.3(81)-1

elaborado por vagner rodolfo da silva - CRB-8/9410

sumário

*

*   *

[prefácio]

Descobrir-se leitor(a) de poesia é sempre, e raramente, e a cada vez, descobrir, na leitura de um novo poema, por assim dizer, uma nova tradução: uma nova relação que desde então se torna inextricável entre um certo agenciamento de palavras e algo que se experimenta quase fisicamente como a emanação, ou a iminência, de um mundo. *Palavras vascularizadas* que, como nos dirá Paula Dias Conrado no segundo poema de *Todas as vezes que ficamos vivos*, se forem *cortadas, sangrarão.*

E de fato, o que é um poema senão, em primeiro lugar, a operação de cortes na linguagem, a produção reiterada de pequenas mortes que despertam a linguagem para a vida que nela pulsa, que nela insiste em pulsar, em sobreviver, com a condição — que ela cumpre justamente em sua realização propriamente poética — de se estender inexoravelmente para além de si própria, irrompendo no corpo do mundo, e no corpo de cada um(a) de nós, e fazendo-os, por sua vez, sangrarem?

Este livro é um pouco sobre isto: sobre palavras que, traduzindo-se em corpo que sangra, nos devolvem ao mundo e a nós mesmo(a)s ao nosso próprio corpo, lembrando-nos de que, mesmo quando *prendemos o fôlego e tentamos não respirar*, ainda assim *respiramos contra a nossa vontade e nos recusamos a morrer.* E que nem sempre *percebemos todas as vezes que ficamos vivos.*

De todo modo, contudo, se (ou porque) a vida é contagem regressiva, a poesia de Paula é também uma celebração das "coisas que vivem mais do que nós". "O pensamento da morte não se acostuma" com ela, como a própria poeta adiantará com a epígrafe de Adélia Prado na primeira seção do livro; e desde o primeiro poema, Paula bendiz a vinda deste *cão* voraz e onipresente que é o tempo: "é preciso dar de comer ao cão/há que se olhar bem/no fundo de seus olhos é preciso/firmar o olhar e dizer ao tempo/ pode vir".

Nesse sentido, são particularmente exemplares os belos poemas que a poeta dedica aos três avôs sobre "as muitas formas diferentes de partir/e você calcula todas elas/prevê todos os males e impede todas as tragédias/mas você não previu tudo/não, você não" e de viver "com suas invenções e bugigangas/guardadas em caixas de papelão/enormes e marejadas" "e todas as outras coisas/que brutalmente se transformam em ruas/ contas/pessoas/ futuros/que insistem em continuar existindo/sem você", formas de sobrevivência, na verdade, que, com suas "marcas de uso/ todo corpo deixa marcas de uso", se transmitem e se revigoram nas palavras que, desde os poemas, teimam em sangrar. E que demonstram que se Paula termina o livro afirmando que "quando é impossível recolher os corpos" é preciso abandonar os mortos, é porque sempre se pode voltar a viver — e a traduzir — a vida e, assim, reabrir o mundo: "vovô,/te amo/vou comer a batata agora/ depois eu não sei".

Fica, assim, o convite ao(à) leitor(a): vá ler este livro agora... Depois... Bem, depois, eu também não sei... Mas você há de sentir um pouco mais vivo(a)...

Marcelo Jacques de Moraes

À Taiga, minha gatinha, que me deixou em setembro de 2020.

Ao José, meu avô, que foi embora sete dias depois.

E ao Lucas, que viveu comigo todos os dias.

1

O pensamento da morte não se acostuma comigo
Estremecerei de susto até dormir
E no entanto é tudo tão pequeno
Para o desejo do meu coração
O mar é uma gota

Adélia Prado

*

nossos corpos se movimentam livremente no espaço, mas o tempo
é esse cão que cresceu demais
muito mais do que o previsto
em duas semanas está enorme e engoliu todos os sapatos
o cão fica entalado na garganta
me engasga e me deixa roxa com os olhos
esbugalhados e tremendo
quando menos espero estou morando na sua barriga
triturada por essa arcada dentária
que evoluiu milhares de anos entre os canídeos
só pra desempenhar essa função
digerir tudo

o focinho gelado e franzido
avança no meu pescoço e é aí
que é preciso dar de comer ao cão
há que se olhar bem
no fundo de seus olhos é preciso
firmar o olhar e dizer ao tempo
pode vir

*

as palavras são muito vascularizadas
é importante deixá-las inteiras
circulando

corte as palavras
e elas sangrarão

*

até o crânio, antes do nascimento,
se deforma para caber na travessia do parto

tudo indica que a tarefa mais traumática que já realizamos foi nascer
felizmente ninguém se lembra desse momento
quando aprendemos a usar os pulmões pela primeira vez
ouvimos nosso próprio grito

*

uma bola de ferro no calcanhar e o desejo
não de morrer
talvez algo mais simples —
nunca ter nascido
você me leva pra conhecer o telhado e juntos
prometemos escalar torres
percebo a cabeça dos prédios e tento
subir em árvores sempre que posso

encontramos uma antiga TV de tubo
ela faz nossos pelos do braço grudarem na tela
parece mágica, tal qual a revistinha de perfumes
em que esfregamos os punhos
e eles subitamente ganham outro cheiro

os seus olhos absolutamente pretos
não se pode diferenciar íris e pupila
são como duas jabuticabas
ou dois abismos

seus olhos estão dizendo
Lembre-se
ser um corpo ainda vai
nos salvar

*

vamos dizer que estou presa em um lugar feito de aço
o que me faz sonhar com água
estou a trezentos e noventa metros do nível do mar —
é necessário descer.

o mar devolve uma garrafa
cuspida na areia, vazia
nenhum bilhete ou pedido de socorro
ela não está grávida de nada
somos nós, somente
sentadas, as duas,
flertando.

penso em tudo que ela já terá visto
ao longo desses anos de lenta decomposição do vidro
penso em como deve funcionar
a memória de uma garrafa
já não lembro há quanto tempo estamos aqui
estou me decompondo cada vez mais rápido.

acordo coberta de fuligem, longe do mar.

há um certo tipo de beleza nas coisas que vivem mais do que nós.

um dia eu serei só ossos
e a garrafa ainda estará lá,
sentada.

*

Para Luiz Dias, o vô Luiz

Sempre fui apaixonada por batatas. Quando criança, tinha a mania de empurrá-las pro canto do prato. Comer por último, deixar o melhor pro final. Por que separou a batata? Não gosta? Dizia o meu avô, trabalhador aposentado da Companhia Siderúrgica Nacional. Não, vô, pelo contrário. É que eu amo demais, aí tô guardando. E se cair um raio na sua cabeça agora? Você morre sem comer a batata. Ele me ensinou a jogar tranca, alimentar pássaros, trocar o grafite da lapiseira. Espremia limões na hora pra me oferecer sempre um suquinho fresco. Me encantava ele sempre fazer meu suco preferido, mas na verdade era o contrário: limonada só se tornou meu suco preferido porque ele fazia. Meu avô me ensinou toda a matemática que sou capaz de usar. O que é bem pouco, mas sei fazer algumas contas: o dia tem vinte e quatro horas, oito nós trabalhamos, outras oito, tentamos dormir, sobram oito também. Costumo passar horas empurrando a batata pra lá e pra cá, guardando.

*

vovô,
te amo
vou comer a batata agora
depois eu não sei

*

misturar tanto os ingredientes na panela e não saber mais o que
[tem gosto de quê
as texturas se desfazem e as cores
reagem de tal modo
que se perde para sempre o gosto
puro das coisas
ou a sua forma

assim é um pouco a vida —
é impossível apontar fronteiras
com maestria e precisão:
veja, esse é o amor
ali no cantinho, o desejo
aquela é a angústia, olhe
o começo da dor, bem aqui

não —
tudo vem junto no mesmo prato
e toca a boca
ao mesmo tempo.

*

leva muito tempo até conseguirmos encostar em uma pessoa.
esticar os braços, suando,
na tentativa de tocar
sem precisar usar as luvas.

conhecer as panelas
como na primeira vez em que se lava a louça na casa de alguém
esfregar até acreditar que já sabemos
se uma mancha é capaz de sair com esforço
ou se ficará para sempre.

*

Para José Conrado, o vô Zé

existem algumas formas diferentes de partir a cabeça
os meninos correm no quintal enquanto atiram
gritos e bolas e pedras, imagina
se pega no olho
tenha cuidado
reduza a velocidade nas curvas
principalmente quando se estiver próximo da boca do leão na
[Serra das Araras

é aí que não se pode dar uma de Adão Fogueteiro
não andar em superfícies molhadas
e nunca dormir na reta das hélices
porque chinelo escorrega e ventilador pega fogo

existem algumas formas diferentes de partir a cabeça
os meninos sentem sua falta enquanto lembram
do seu costume de passar perfume na boca
e da camisa azul de botões
que foi pra terra junto com você

ninguém nunca soube exatamente o que significa Adão Fogueteiro
mas o trecho da estrada é a curva mais perigosa da Serra

e todo mundo sabe exatamente
que cair na boca do leão significa morrer

existem muitas formas diferentes de partir
e você calcula todas elas
prevê todos os males e impede todas as tragédias
mas você não previu tudo
não, você não

*

no princípio
a terra era sem forma e vazia.

só existia a usina
que rugia soberana
a margem esquerda do rio
desocupada e irreconhecível
a não ser pelos puris
que anunciavam o futuro —

operários, do mundo inteiro.
unidos nesse acidente geográfico:
A Volta Redonda.

*

Na casa de pedras, número 45, mora o Golzinho vermelho na garagem e os copos-de-leite na varanda. Mora também a bicicleta grená, que costuma se exercitar pelas ruas. Na Volta Grande III, o bairro onde moram os avós, tem feira toda quinta-feira. Saquinhos plásticos anunciam peixes apertados enquanto a bicicleta do meu avô sustenta as crianças que amam voltar para casa na mesma medida em que amam sair. Voltar para a casa de três andares, feita de pedras, onde o meu avô me apresentou o primeiro passarinho que conheci — um sanhaço cinzento, de olhinhos minúsculos, quase explodindo. Aprendi a gostar das coisas pequenas e do cinza que parece azul. Bem no fundo da casa de três andares, em que moravam apenas duas pessoas. Um exagero enorme, como qualquer amor.

*

Para Roberto Dias, o vô Beto

você contava rindo
que sua mãe teve muitos filhos
e sempre alguma coisa foge da regra
Roberto
Ronaldo
Rolando
Rodrigo
Rogério
Romilda
Miguel

eu te via um pouco como o cigano Melquíades
com suas invenções e bugigangas
guardadas em caixas de papelão
enormes e marejadas
pelos teus olhos oceânicos
em cor e profundidade
as cabanas e estilingues e balanços
as máscaras e o macete da tabuada de nove
você me disse pra não soltar a mão da roda do choque
o significado da palavra hecatombe
e todas as outras coisas

que brutalmente se transformam em ruas
contas
pessoas
futuros
que insistem em continuar existindo
sem você

*

A Companhia Siderúrgica Nacional está tossindo.

O seu peito cheio, quando se esvazia, produz um incêndio. O pó preto na varanda é como pólvora; suja as casas, fabrica tiros, um lençol. Laranja cobre o céu e nós não deixamos de achar bonito, mesmo sabendo o que o céu significa. A mão de obra é de carne e derrete, cai na máquina e desmancha no alto-forno, vira fumaça. Eu me distraio e o vapor da usina parece cinzas lançadas ao ar. Seriam essas cinzas as suas?

*

agora três metalúrgicos
amanhecem derrubados
na praça ao lado do McDonald's
e nada pode significar mais do que isso

*

Meu avô José tinha o mesmo nome do Juarez Antunes.

Dirigiu ambulâncias durante grande parte de sua vida e, um dia, acabou por se encontrar com a morte do outro José. Um acidente de carro, cinquenta e um dias depois do sindicalista ter tomado posse como prefeito. Furtivamente, o meu José tomou as calças ensanguentadas de Juarez nos braços, como se fosse um filhote, e a levou para casa como um segredo de família e uma herança.

Há alguns dias, experimentei uma camisa xadrez do meu avô e minha avó sugeriu que eu ficasse com ela. Poderia lavá-la e aos poucos a faria ser minha; ela ganharia meu cheiro, minhas dobraduras, minhas marcas de uso. Todo corpo deixa marcas de uso. Por exemplo: ao tocarmos as paredes, na ausência de cabeceira, nosso suor vira tinta e produz manchas escuras nos locais em que mais encostamos. Seria preciso esfregar as paredes intensamente, ou mesmo pintá-las, para se livrar das marcas.

Um dia descobrimos que meu avô havia lavado a calça ensanguentada do Juarez. Removeu toda a memória do sangue, toda marca do primeiro José. Os meninos ficaram perplexos, mas conheciam o meu avô. Ele até poderia gostar das figuras históricas locais, das memórias dignas de museus, de possuir algo que ninguém mais tinha — o pedaço da morte de alguém. Mas, sobretudo, gostava de vestir a calça, limpa, e torná-la dele. Nunca perdia nenhum dos velórios dos amigos, conhecidos e desconhecidos. Não tinha medo de se apropriar da morte. Meu avô tornou a calça viva — a fez andar de novo.

*

uma mulher acaba de queimar os cílios no fogão
a quinta vez só essa semana
problema comum a quem tem cílios grandes demais
e sempre perde as caixas de fósforo

a mulher vai pra cozinha toda vez que precisa acender um cigarro
olhar para o rosto de Jesus Cristo, ali entre o fogão e a geladeira,
ao lado de outra mulher, cujo rosto não se conhece
mas as faces dos santos sempre ensaiam alguma paz
enquanto avisam sobre os dias pendurados
no calendário do sindicato dos trabalhadores, ali
entre o fogão e a geladeira, sempre ensaiam algum consolo

tudo bem
ter dedos amarelos
trabalhar meia hora a mais
para compensar os feriados
tudo bem queimar os cílios
não há dor nisso

cabelo não tem sangue
e o que não tem sangue não pode ser queimado
não é essa a regra de todo jogo?

não fique parado na janela sem nenhuma defesa
o fogo procura espaço para queimar
e irá buscá-lo se você não estiver protegido
e também: mantenha-se vestido e molhe suas roupas
e também: feche todas as portas atrás de você
e ainda: rasteje para a saída, pois o ar é mais puro
junto ao chão
e ainda: uma vez que tenha conseguido escapar,
não retorne

ANA MARTINS MARQUES

*

direi que você me desabrigou.

acordei no meio da noite
com a minha casa em chamas
minha cama partida ao meio
as paredes em ruínas
meus filhos mortos
ardendo em brasas

direi que você me obrigou.

quando, sem hesitar,
risquei o primeiro fósforo
coloquei fogo nos lençóis
matei meus filhos
e o que era forte e bonito
se reduziu a pó

a cortina de fumaça escura
apagava os olhos e eu não via
nada a minha frente e mesmo assim
eu soube exatamente o caminho
para ir embora

direi que você me desabrigou.

você me arrastou pra rua
depois do incêndio
me colocou de frente para o mundo
como se eu fosse a primeira mulher da Terra,
pronta para começar a vida

estou suja até hoje,
coberta de cinzas.

direi que você me desabrigou
e ainda assim terei a coragem
de te olhar nos olhos
e chamar isso de amor.

*

viver é como sair para observar aves:
programinha chato
mosquitos rodeando
um pássaro passa tão rápido
que na verdade talvez seja uma folha
que balançou errado

nada de fascinante salta aos olhos por muito tempo
até que subitamente algo maravilhoso emerge das folhagens

é necessário estar pronto
saber ver
antes que voem
para fora dos olhos
mais valem pássaros voando
do que qualquer coisa nas mãos

*

morro de rir com as suas imitações
eu sempre peço
só mais uma, vai
você diz que não sabe nenhuma nova
eu digo repete aquela
aquela que eu amo
acho que é isso
repetir as coisas que se ama

você me abraça com a perna
seus pés gelados e encolhidos
são até bonitos
na medida em que pés podem ser bonitos
o que não é muito

vamos inventar alguma coisa pra fazer
eu digo não conheço nada novo
acho que é isso
repetir as pernas
até pensar que sou feliz
na medida em que alguém pode ser feliz aqui
o que não é muito

*

restos de cabeça e dentes
são necessários para
entender a dieta
e o tamanho do cérebro
das criaturas

várias centenas de fragmentos
ósseos bem preservados
escavações de semanas
debaixo do sol ainda
tudo é como antes

o mundo em centenas de fragmentos
e muitas perguntas
embaixo de nós há mais vida que em todos os pássaros

*

e a nossa história ficará assim
os nossos nomes não serão
apagados da lista dos vivos
assim, sem termos vivido
antes de termos amado

anos, décadas e séculos
encapsulados em segundos
a eletricidade caminha nos fios
do nosso peito entrelaçado

seu hálito sabe explodir um corpo
como sopros em dentes-de-leão
antes de toda insônia
bocejar na velocidade da luz
tua boca um condutor
não só de energia
mas de descanso

a pele desmonta
e eu caio como as dormideiras

*

ninguém tem o direito de engatinhar
caso seja mais fácil

há que se honrar o *Homo erectus*
que há milhões de anos conquistou o bipedismo
corra o mais rápido
que puder

*

tentar tocar no vão de um ventilador e sair sempre com os dedos
[cortados.

um borrão na fotografia
um rastro de movimento
a cabeça pra fora da janela
de um carro em alta velocidade
apostar corrida com a lua
pedir para que corra mais rápido
a velocidade máxima permitida
do corpo

correr como se atravessássemos uma ponte em ruínas
desabando tal qual nos filmes, sem olhar para trás
e o medo de virarmos estátuas de sal

correr atrás desse cão dos diabos
gritando para que ele volte,
pare, que vá mais devagar,
que obedeça, que espere

correr até o fim dos pulmões
bater de cara na parede

não enxergar o vidro
a colisão e a queda
de um passarinho que correu demais
e alguém vai recolher do chão depois.

*

há um limite pro pensamento.
não estamos pensando em respirar ou piscar os olhos,
você não está pensando quando range os dentes enquanto dorme.
eu não estou pensando quando acordo de repente, suando,
e agarro suas costas.
você me acha boba porque
acho certas coisas bonitas.
te chamo, chorando.
te conto que o sistema nervoso
tem a mesma origem embrionária da pele.
conhecemos o mundo através da pele.
eu conheço o mundo pelas suas costas.

há um limite pra memória
e a sua anda cada vez pior.
eu te pergunto: O que aconteceu?
você diz: Não lembro.
eu digo: Você não lembra do que aconteceu?
você responde: Eu lembro como me senti.

é nas têmporas que sentimos
o tempo passar, a queda dos cabelos
dando os primeiros sinais.

você diz que tem medo de ficar calvo
como o seu pai, eu digo
que não seremos nossos pais.
me emociono com as palavras,
têmpora e tempo.
você gosta de mim porque
sinto emoção por certas coisas.
eu gosto de você porque
poderia morrer ao seu lado.

*

tenho certa obsessão por rodar.
é muito comum em crianças, bailarinos e planetas em órbita.
você abre a porta e me flagra, girando
no meio da sala, nesse trampolim.
eu te chamo pra dançar também e você diz
que tá muito cansado, mas vai ficar aqui,
me olhando. ainda bem porque você
é o único que eu deixaria me olhar
enquanto eu caio e perco completamente
o controle dos membros.
é preciso firmar os olhos em um único ponto
para evitar a tontura e a queda.
eu olho pra você enquanto estou caindo,
ainda bem porque você é o único
que eu deixaria viver comigo,
misturar o coração.
lembro da vez em que achamos que você fosse morrer
quando comeu camarão por engano
eu gritei na janela pedindo socorro aos vizinhos
ninguém conseguia chamar a ambulância e o exagero
disso tudo nós só entendemos depois
mas o medo de ficar sem você era tanto, mas tanto

o medo de ficar sem os nossos segredos,
a chave embaixo do tapete
e o modo como os nossos corpos sempre acordam aninhados
mesmo quando dormem distantes.
os nossos corpos se encontram mesmo inconscientes e isso
justifica os nossos tropeços,
reorganiza os nossos pés.

*

uma vez a Adélia disse assim, num verso
"Saberemos viver uma vida melhor do que essa,
quando mesmo chorando é tão bom
estarmos juntos?"

nos dias de amor fiado,
em que a água nunca ferve
e a chaleira fica pra sempre no fogão
sem oferecer nenhuma bolha,
parecemos duas pessoas
que estão sempre tomando banho
para imediatamente depois
se enrolar em toalhas sujas.

nos últimos tempos quase todos os animais morreram,
as plantas estão a cada dia mais feias
e as pessoas todas por um fio.

mas há tanta coisa viva ainda
que encaro Adélia nos olhos e respondo
Sim, saberemos.

*

você desabotoa meus olhos
botão por botão
as suas pupilas explodem
com o brilho de milhões de moedas
recém-cunhadas

engraçado como as pupilas são
apenas buracos e eu me atiro
sobre você e você solta
um resmungo e me diz
Você não é tão leve quanto pensa
pra se jogar dessa forma
em cima de mim

esquecer de molhar os pulsos
antes de entrar de cabeça no gelo
com a coragem de um sonâmbulo
um choque térmico e a tosse
que anuncia a peste
nos nossos olhos abertos
e os cristais de sal
precipitando os seus

engraçado como as pupilas são
apenas orifícios e o amor
é uma queda
como avisa o inglês

eu me atiro e você também
não é tão leve quanto pensa

*

no espaço
dentro do beijo
bateria de brigada
artilharia
canhão

pra você
o coração
temperado a ferro e fogo

*

você tem gostinho de Réveillon
uma vontade nova de viver
espumante estourando nas roupas
brancas que ficam transparentes
gritamos a contagem regressiva na metade
de um beijo e eu já entendi
que estou me aproximando da virada

eu não me importaria se você levasse algumas roupas
pra lavar lá em casa de vez em quando
a espuma da máquina parece a saliva
que você deixa acumular na esquina da sua boca quando fala
coisas óbvias como se fossem incríveis
e eu acho isso muito pretensioso

você não acha que isso está indo rápido demais?
você fala coisas óbvias como se fossem incríveis
elas são

*

as primeiras pessoas que eu beijei
e ensaiei qualquer tipo de amor
Jaqueline, minha vizinha
e Carla, sobrinha de uns amigos dos meus pais

mas, por motivos que todos já sabem
vamos dizer que meu primeiro beijo foi com Matheus
na quinta série
e com Carlinha e Jaque
eu apenas brincava

*

uma mulher me oferece uma vaga
debaixo do teto do seu guarda-chuva
durante essa pequena carona eu já
abençoei o nosso trajeto inteiro eu já
pensei em cada detalhe —
eu vou casar com seu irmão
e depois fugir com você

*

*   *

3

Um dia, Clarice Lispector
intercambiava com amigos
dez mil anedotas de morte,
e do que tem de sério e circo.
Nisso, chegam outros amigos,
vindos do último futebol,
comentando o jogo, recontando-o,
refazendo-o, de gol a gol.
Quando o futebol esmorece,
abre a boca um silêncio enorme
e ouve-se a voz de Clarice:
Vamos voltar a falar na morte?

João Cabral de Melo Neto

*

tente morrer assim.

prenda o fôlego,
tente não respirar.
em pouco tempo o corpo
respira contra a nossa vontade
se recusa a morrer.

eu cheguei a pensar que morreríamos
quando você se afogou no mar e teria morrido
caso não houvesse chegado o socorro.
e ainda quando você ficou um mês esperando um resultado
para saber se um tumor
seria capaz de te matar ou não.

e eu, no décimo andar, sozinha.
tão sozinha que estraguei a pia de propósito
só pra chamar o encanador e ver o rosto de outra pessoa
confirmar que eu estava viva também.

quando nós voltamos de uma festa, correndo,
passamos em frente a um supermercado enorme
para combinar com o amor, gritando

que estávamos apaixonados.
o seu peito fluorescente abrindo
o caminho escuro e eu
pensando na morte

somente porque não percebemos
todas as vezes que ficamos vivos

*

essas noites longas
tão duras quanto
as tentativas de quebrar pedra
faísca por faísca

é preciso inventar alguma coisa
capaz de ensinar o corpo
a caminhar antes do mar abrir
afastar as águas com as pontas dos pés
antes do dilúvio
nessas noites tão ingratas
quanto as tentativas de costurar rochas
lasca por lasca

ainda assim
no dia seguinte
todos os doentes amanhecem vivos
sabendo que viver é impossível e, por isso,
viveremos

*

Do grego akares, "pequeno"

primeiro vem o susto
você se lembra de quando vimos pela primeira vez
as imagens ampliadas dos ácaros nos livros de ciências?

nos espantamos com as fotografias das coisas microscópicas
porque julgávamos que fossem invisíveis
mas estão apenas a uma distância segura dos nossos olhos
que não foram feitos para enxergar tudo.

inventamos microscópios e furamos nossas retinas —
é arriscado ver as coisas de perto
quando se pula de um paraquedas, à distância,
as coisas ganham um tamanho diferente
mas o chão ainda é a melhor forma de se conhecer algo.

nos aproximamos das coisas assim, deitadas,
debaixo das lentes. nos encontramos, de perto
tão perto que as formas parecem outras
tão perto que as cores parecem outras
tão perto que já não se reconhece mais o que se vê
num microscópio — o susto.

*

Eu vejo um inseto cuja sombra projetada no azulejo é muitas vezes maior que o seu tamanho, ou talvez seja eu.

*

um trabalhador acaba de morrer
porque um patrão decidiu não liberar os funcionários enquanto
fazem um pequeno servicinho
de dedetização
e um homem inala fumaça
de matar inseto

*

lavar bem o rosto
escovar a língua
passar o café
tirar o lixo
alimentar os cachorros
trancar a porta
voltar e conferir a porta
lembrar todos os dias que vou morrer
lembrar todos os dias que vou morrer
lembrar todos os dias que vou morrer

*

lembra do Ano-Novo que passamos juntos ouvindo *Heroes*
e brincando com perucas?

sempre que contamos aquela história eu morro
de rir eu fico sem ar até sentir dor
na barriga, me emociono sempre
choro quando lembro de nós
dançando em volta do fogo e você
dizia Eu quero ir embora, fugir
com os alienígenas
eu dizia Eu quero ir embora
com o David Bowie, isso sim

sempre que contamos aquela história eu morro
eu fico sem ar até sentir dor, tenho medo
de nunca ir embora e viver das velhas histórias
não ter mais nada vivo o suficiente
que faça doer as próximas barrigas.

*

são sebastião
ser o santo e ao mesmo tempo o arqueiro
ser o açoite e ao mesmo tempo a chaga

*

Para Taiga, a minha gatinha

tomar banho de língua
ter cinco bocas
saber descansar
não precisar de nomes
não precisar do amor
escolher o amor

dormir tranquila
mas estar pronta para ir embora
a qualquer momento
tal qual a vida
saber cravar as unhas

na sua barriga um motor
meu atalho para viver.

*

De nada vale que eu te ame do tamanho de um ventre.
De nada vale o meu peito macio no qual te embrulho.
O que fica é o cheiro da carne rasgada nas tentativas impossíveis de costurar o que já se perdeu em você. Tento correr mais rápido que a doença. Mas você já não tem gosto ou odor e queima rapidamente, como parafina.
Não há cadeados que te prendam aqui.

Você persiste em mim como um membro fantasma — a perna amputada que ainda sente. A morte é um prato que se come frio, você precisa ceder, aos poucos. Firmar o abismo, tocar o corpo gelado, com coragem.

*

quando crianças,
um dos primeiros gestos que os adultos nos ensinam
é o balanço da mão
de um lado pro outro

mesmo antes de aprendermos a andar
ou a falar
é crucial
aprender a se despedir.

*

se as mocinhas das novelas
elevam as mãos à testa
e caem pra trás nas cenas de desmaio
é porque nos enganaram

tudo é pra frente
o peso do corpo
nos empurra nessa direção
a caixa que abriga o peito
nos empurra nessa direção
os nossos olhos
nunca estiveram na nuca

até as quedas são
pra frente.

*

todas as árvores estão carregadas
tão cheias que se precipitam

a mulher produz tanto leite que vira pedra
não sobrou ninguém no mundo para alimentar
a mulher precisa ordenhar a si mesma

as árvores estão carregadas,
mas sozinhas

tudo apodrece.

*

chorar com os olhos
de quem vê o mundo
pela primeira vez

como quem sabe
que só existem dois corpos
dois tempos,
duas idades —
vivo e morto.

*

quando é impossível recolher os corpos
é preciso fugir e os mortos pesam.

estamos fugindo e o peso dos mortos nos torna mais lentos
estamos fugindo e é necessário abandonar os mortos
estamos fugindo e corremos mais rápido
se os deixarmos para trás.

[posfácio]

Leio *Todas as vezes que ficamos vivos* e ouço o som dos meus órgãos funcionando. Lembro de saudades que começam na ponta dos dedos, tintilam na nuca e terminam em um lugar do meu corpo que não existe ainda. Leio com cuidado, as palavras podem sangrar. Leio em voz alta e tusso porque sou corpo. Mais cuidado, também posso sangrar. Escrevo em silêncio. Mesmo assim perco o fôlego. Marejo. Ufa. Passou, mas não foi embora.

Da minha infância, lembro uma brincadeira de estar perto — bem perto — e olhar nos olhos de outra pessoa por bastante tempo, o máximo tempo possível. É uma queda. A visão mistura e inventa rostos impossíveis e monstruosos. Dá pra fazer isso olhando para qualquer coisa. Mas é melhor sabendo que aquele ser disforme te desfigura de volta, os dois se atiram. Uma brincadeira gostosa e aterrorizante, com o poder tornar-se abjeção; nem eu, nem outro. Algo que tanto cinde quanto une, sempre com violência, e todo significado desmorona, como neste livro.

Paula escreveu e acabou me levando. Me lembrei de que nunca tive um corpo. Acordei de repente, suando, em um lugar onde vivem o Outro e a Morte. Vizinhança, imagino eu, de tudo que é terrível e belíssimo. Lá onde devem desmoronar significados o tempo inteiro, mas é também onde nascem. Ou sequer nascem, não precisam disso — sempre vivem, nascem jovens. Vivem uma juventude a correr pelas ruas vazias de gente, apaixonados. Devem ser brincalhões e pode ser que estejam fugindo de nós. Não conhecemos seus rostos, eles estão de costas, gritando. Esse é o convite. Desabe comigo, caso já não esteja caído.

Allan Belisário

■ primeira edição
■ agosto de 2022